KB120945

제9회 김만중문학상
시 부문 수상 작품집

제9회 김만중문학상

시 부문 수상 작품집

마지막 날에
민박을 하였다

금상 ● 이돈형

수리되지
않는 문장

은상 ● 지연구

책과나무

목차

제9회 김만중문학상 시 부문 금상

마지막 날에 민박을 하였다 外 6편

한파 · 08

마지막 날에 민박을 하였다 · 10

빈 것을 비우겠다고 · 12

봄봄봄 하다가 · 14

나를 철거한 자리에 다수가 앉아 있다 · 16

believe · 18

독감 · 20

제9회 김만중문학상 시 부문 은상

수리되지 않는 문장 外 6편

수리되지 않는 문장 • 22

어쩌면 불, 어쩌면 꽃 • 24

직립의 시간 • 26

갈림길 • 28

유전적 상속 • 30

아내의 밥상 • 31

오이도를 가는 고래 • 32

제9회 김만중문학상 시 부문 금상 소감

가을 문턱에서 질기게 나를 붙들던 '채찍'이라는 말 • 35

제9회 김만중문학상 시 부문 은상 소감

세상과의 힘겨운 싸움에서 나의 동지가 되어 준 이들에게 • 42

제9회 김만중문학상 시 부문 심사평

풍부한 시적 상상력과 세련된 문장의 완성도 높은 작품 • 45

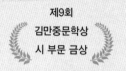

• 이돈형 •

– 마지막 날에 민박을 하였다 外 6편 –

한파
마지막 날에 민박을 하였다
빈 것을 비우겠다고
봄봄봄 하다가
나를 칠거한 자리에 다수가 앉아 있다
believe
독감

한파

강기슭은 누가 버리고 간 회의처럼 얼음에 닿아 있다

언 강은 폐쇄된 활주로, 수면을 문질러 술렁거리게 하였다

할 수 없는 일은 스스로에게 우호적이다

언 강에 갇힌 물오리는 할 수 없는 일, 그 일에서 벗어나려 한다

아마 환기되지 않는 절망이 죽은 회의가 물오리의 목일 것이다

길들여지고 품는 일에 몰두하다 보면 횡단하려는 세계를 늦게 깨우칠 때가 있다

내일 봐요, 이처럼 쉬운 이별을 물오리는 1인 시위하듯 술렁임 밖으로 밀어낸다

걱정하는 사람들이 눈발처럼 날리고 남겨진 풍경이 빠르게 얼어 갔다

조심히 다녀와, 이 흔한 말은 언제나 물 건너간 기슭에서 반질거린다

길들여지기 좋은 날이다

마지막 날에 민박을 하였다

우리는 물개박수가 지나간 손바닥에 보라색 매발톱꽃의 저녁을 그리고 있었다

어디선가 덤불 타는 냄새가 말 못할 반성을 태우는 것처럼 길고 오래가서 허기가 돌았다

달래려는 맘과 달래지는 맘은 흐르는 물에 씻어도 한 뼘의 걸음이 남아 있었다

새들이 부는 휘파람이 수돗가로 모이고 털털거리며 굴러가는 버스의 꽁무니에선 새끼 어둠이 태어났다

왜 밖에만 나오면 멀리 바라보게 되지, 당신의 말이 더 멀리 가고 있어 출발지에는 지나온 날이 쌓여 갔다

소금기 절은 브라를 벗어 찬물에 담그자 브라는 풍만하고 물컹했고 이따금씩 물 밖으로 삐져나와 검은 물감처럼 풀어졌다

바다에 동전을 던지고 왔으니 잠시 손을 놓아도 속은 훤히 비칠 것이다 당신을 들여다보며 잊을 만한 기분을 나눠 주고 싶었다

평상은 나신처럼 햇빛과 그늘이 번갈아 구부러져도 우리에게 부족한 말이 쏟아져도 소란을 떠난 무늬만 들여다보았다

소낙비를 맞아 볼 걸, 걸어 둔 여름은 또 올 것이다 하룻밤이 오랜 안부를 물어야 할 시간처럼 왔다

저녁을 짓기 위해 당신의 배낭을 열고 빗소리를 찾았다

빈 것을 비우겠다고

새벽안개를 보러 나간 사람들이 보이지 않는다

강을 건너는 일이 어려울 것 같아 강가에서 저쪽 물안개를 보고 오겠다던 사람들을 기다렸다

밤새 죽음의 소리로 철철거리던 강이 새벽녘에는 죽음을 몰아내기 위해 물안개를 피우고 있다

새벽 강은 생이 마렵다

스스로 헤아릴 수 없어 우리를 깨운 물안개 속으로 강에 나선 사람들이 잠긴다

죽음의 실마리를 풀어 본 사람이 생겨날까

강은 강을 건너 흐르지 않고 어제를 견딘 방향으로 흐른다

　나는 불현듯 눈을 뜬 새벽처럼 강가의 작은 돌들을 발로 차고 있다

　빈 것을 비우겠다는 것도 생에 대한 마려움, 강물이 일렁일 때마다 사람들이 하나둘씩 돌아오고 있다

　나는 품 안의 아이처럼 물안개 걷히는 강가에 서 있다

봄봄봄 하다가

　벚나무에 기대 봄을 기다리는 것은 내가 가진 어떤 슬픔보다 구체적이다

　어떤 말에도 끄덕이는 사람이 오늘의 논자論者처럼, 피는 봄과 지는 봄의 속내는 같을 거라 하였다

　그와 점심을 먹으러 간다

　시계視界는 멀수록 슬픔의 심장도 유연해지거나 무릎을 꿇는다고, 물음이 없는 어머니의 눈곱 낀 망망茫茫한 눈이 그 눈이라고

　흩날려서 아름다운 꽃잎처럼
　흩날려서 아름다운 삶이 있다면 그랬다면 그래서 흩날렸다면

몰락을 모르는 이른 봄나물로 가득한 밥상에 앉아

기댄 봄을 날려도 되겠다고
흩날리는 꽃잎이 내게 무심하듯 사이사이 피고 지는 봄
날을 흩날려도 되겠다고

푸릇했던 속내를 들킬까 그와 끄덕이다가
헛봄에 들어 눈을 감았다 뜬다면 그런다면 내게 봄은,

나를 철거한 자리에 다수가 앉아 있다

꿈을 꾸었지

나는 쉽게 죽었어 젊은 나이였는데 한순간에 죽었어 그렇다고 누군가가 죽인 건 아니야 짧은 꿈이라서 그들은 살릴 수 없었겠지 깨면서 칼같이 사라져 버린

그래 칼 같다 했지 용기를 다룰 줄 모르는데 칼 같다니, 어쩐지 자꾸 들다 보니 한구석이 진짜 칼이 되더군

근데 쓸데없이 끄집어내서 어디에 쓸 거냐고?

칼은 줄줄이 흘러내리는 뒷모습이었지 뒷목을 잡고 거침없이 휘두르다 와장창 깨지는 내게서 떠나려는 캠핑카 같은, 캠핑카에 걸린 백기 같은

베었다 싶었는데 베이고 베였다 싶었는데 벤 자가 없는 칼을 가지고 놀아 본 적 있나

베면서 다수는 캐럴을 불렀고
베이면서 나는 독백을 하였지

칼끝에 다수의 입술이 포개지면 한편에서 한 편이 사라
질까
꿈같은 얘길 하다 보니 칼집 깊숙한 곳에서 환청이 들
려오네

실종된 칼의 입장을 찾습니다 꼭 사례하겠습니다

나를 철거한 자리에 다수가 다 같이 둘러앉아 캐럴을
부르네

believe

believe는 발음이 좋다
내가 좋아할 때 누군가 같이 좋아한다면 believe

코코넛을 따러 간 흑인 소년에게 5달러를 주었다
검고 두툼한 입술과 때때로 기분을 가릴 수 있는 이마
를 가진 소년이었다

벤치에 앉아 있어 기다림이 되었다

검은 등에 검은 태양이 새겨진 사람들이 해변을 걷고
있다
등과 태양은 떨어지지 않고 등 뒤의 등은 저마다의 신
념으로 검게 빛났다

그러니까 나는
  이국의 해변에서 누구도 말해 주지 않는 등의 기분을
헤아리며 소년을 기다리고 있었나

  등에 미안은 있었는지
  미안에 빠진 예감은 사라졌는지

  등이 저리고 기다림은 소년인지 코코넛인지 깜빡 졸은
듯한데

  believe는 발음이 좋다
  내가 기다릴 때 졸음 같은 것이 같이 기다려 준다면
believe

  혓바닥을 내밀면 주르르 흐르는 코코넛을 들고 뛰어오
는 소년을 본 것 같다
  검은 등을 본 것 같다

독감

　생식기에 점이 있으면 강한 사람이래 당신이 죽 그릇을 치우며 말했다 강한 남자, 강남, 코미디프로의 한 장면이 떠올랐다 점과 상관없는 구릿빛 근육질과 무엇이든 파헤칠 수 있을 것 같은 힘이 그려졌다 힘의 파편으로 살갗이 시렸다 어디서 그런 말을 삼켰을까? 보이는 것이 전부는 아닐 수도 있어, 죽은 불알 만지듯 툭 내뱉었다 달그락거림이 부족한 생활에서 나오는 소리처럼 들렸다 때론 보이는 것만 믿고 싶을 때도 있는 거야 어느새 당신은 빨래를 개다 말고 늘어진 속옷을 들어 보였다 백수白手에 식은땀이 뱄다 싱거운 겨울 빛으로 당신의 그림자는 싱크대에 걸쳐지고 찬물에 수건을 적시는 당신에게서 편들어 주는 사소한 점이 보였다 어떻게 숨겨 왔을까 당신의 눈빛을 피해 잠들면 그 사소한 점은 커지겠지 강해지겠지 나의 생활은 2% 부족한 발작, 발작에 발작을 더하면 신열이 났다 오늘은 당신에게 그것을 말해 주고 싶었는데 당신의 신열이 나의 신열보다 뜨거웠다

제9회

김만중문학상

시 부문 은상

• 지연구 •

－ 수리되지 않는 문장 外 6편 －

수리되지 않는 문장

어쩌면 불, 어쩌면 꽃

직립의 시간

갈림길

유전적 상속

아내의 밥상

오이도를 가는 고래

수리되지 않는 문장

세상을 향해
침묵시위를 하던 스크린 도어
어느 시인에게 쉽게 마음 주어 품었을까, 시 한 편
가족으로 시작하는 첫째 연이 그는 마음에 들었다
시를 읊조리며 열어 보는 공구함
자기 몫의 자리를 빼앗기지 않으려는 공구들이
저들끼리 투덕거리고 싸우다 뒤엉켜 있다
니퍼와 드라이버를 찾아
세상의 등쌀에 홀쭉해진 허리춤에 꽂을 때
뜯지 못한 포장지가 안쓰러운지
컵라면이 울상을 짓는다
이 문을 다 고치고 돌아가면
저 아름다운 시를 어머니께 들려 드려야지
콧노래를 흥얼거리며
삐걱거리는 청춘을 수리하는 구의역 9-4 승강장
시의 행간에서 피곤한 눈을 비빌 때

정규직의 달콤한 희망을 가장한 눈빛을 번들거리며

디룩디룩 살찐 두더지 한 마리 달려든다

어머니께 들려주고 싶던 마지막 행 글자들이

잔뜩 겁먹은 얼굴로 온몸을 파고들었다

알록달록한 열아홉 청춘이

너무나 멀고 어두운 지하철 터널 속에 갇혀 버렸다

내가 더 힘을 내야지

수리공을 잃어버린 스크린 도어가

삶과 죽음의 노란 경계선에 후둘거리는 몸을 기대고

단단한 콘크리트 바닥에 눈물로 뿌리 내린

흰 국화 몇 송이

수리되지 못한 짧은 문장들을

포스트잇에 쓰고 있다

어쩌면 불, 어쩌면 꽃

스위치를 켜고

소결로* 문을 열면 꽃처럼 훅

피어나는 불

한 끼 밥을 벌기 위해

얼굴이 벌겋게 익도록

삼십여 년 바라본 저것을

나는 불이라 부르고

누구는 꽃이라 부르지

저 불이 꺼지지 않고 거세게 타올라

얼마간의 급여라도 받는 날이면

내 눈에도 꽃처럼 보이고

아내의 얼굴에도 화사하게 꽃이 피어나곤 했어

푸릇푸릇하게 여리던 아내와 내가

어쩌면 저 불길같이 타올라

---

* 소결로 : 분광 혹은 그 종류에 속하는 것을 구워서 단단하게 덩어리 모양으로 만드는
노. 섭씨 약 1,000도에서 1,400도 사이에서 작업이 이루어짐.

꽃 같은 새끼들이
저리 곱게 피어났는지도 모르지
불꽃같이는 아니어도
들꽃처럼은 살아온 어머니가 누우셨던
벽제 화장터 불구덩이 속 불이, 어쩌면
어쩌면 꽃이라면
어머니는 분명
꽃상여를 타고 계셨던 거지

작업 끝을 알리는 벨소리가 요령소리 울리듯 울린다
스위치를 내리고 소결로 문을 닫자
사그라지는 불씨를 따라
꽃상여가 떠나가고 있다

직립의 시간
 – 이천십팔 년 오월 십 일, 세월호 일어서다

새벽을 깨우는

알람 소리에 놀란 살들이

움츠리는 소리를 들으며

밤새 널브러졌던 몸을 일으킨다

어둠에 눌려 헝클어진 머리카락도 부시시 일어서고

엉덩이를 밀어 올리는 새벽 공기가

팽목항 파도처럼 출렁거린다

수십 년을 매일 같이 쓰러졌다가는

다음 날 아침이면 어김없이 뼈를 세우는

직립의 무서운 습관

바닷속에 누워 악몽을 꾸던 세월호도

직립의 시간들을 추억하고 있었을까

베갯잇 자국 선명한 뺨이

쓰러졌던 시간의 두께만큼 녹이 슨

세월호의 암갈색 얼굴처럼 물들어 있다

간밤의 흐릿한 꿈을 훌훌 털고 일어서야지

촛불로 세워진

기중기의 힘을 믿으며

수심 가다 와이어에 몸을 기대어

엄마의 손을 잡은 아기가 걸음마를 떼어 보듯

진실을 세우기 시작한 세월호처럼

휘어진 등뼈를 곧추세운

직립의 시간들이

휴먼시아아파트 공사장을 향해

꼿꼿하게 걸어가고 있다

갈림길

건강검진 받으러 가는
호계동 중앙병원 앞엔 두 갈래 길이 있지
건강검진 센터와
장례식장 가는 길
공평하게 늘어서서 환히 웃고 있는
노랗고 빨간 꽃들
이곳을 지나갔던 몇몇은
미로 같은 병원 복도를 헤매고 헤매다 끝내
저기에 꽃으로 피어 있기도 할까
울음과 웃음이 뒤섞여
웅성거리는 소리에 뒤돌아보면
가야 할 길 정하지 못해 어지러운 발자국들
말기 암을 키우던 내 친구도
저 발자국들 틈에서
한동안을 머뭇머뭇거렸을 테지
고려장을 끝내고 돌아갈 아들을 위해

길목마다 나뭇가지를 꺾어 놓던 노모처럼

내가 돌아갈 길바닥에

수북이 꽃잎을 떨구어 주는 꽃송이들

꽃향기와 포르말린 냄새에 취해

비틀거리는 내 발걸음처럼

앰뷸런스 사이렌 소리에 놀라

꽃을 떠나는 나비들

날갯짓이 다급하다

유전적 상속

페달을 제법 밟을 줄 알게 되면서 가끔은 손잡이를 놓는다 손을 놓으면 쓰러진다는 가르침은 헐값에 산 중고 자전거나 아버지의 오래된 고집처럼 허름하고 완고했다 한번 손에 잡은 것은 절대 놓는 법이 없었던 아버지 기울어진 살림살이도 결국 놓지 못하셨다 돌부리에 걸려 휘청일 땐 자전거와 함께 넘어지는 법도 배워야 한다며 너무 오래 쥐고 있어서 낡고 더러워진 손잡이를 슬쩍슬쩍 놓곤 했다 잡고 있는 것보다 놓아 버리는 것이 더 익숙한 내게 삼십여 년 쥐고 있던 몇 안 되는 것들을 내려놓으라며 회사가 자꾸 윽박지른다 아버지 몰래 손 놓고 배운 자전거를 타고 돌아가는 퇴근길의 안양천 자전거 도로 아버지의 꾸중처럼 불쑥불쑥 솟아난 돌부리에 부딪혀 생활이 자꾸 비틀거린다 꽈악 움켜잡은 손아귀를 빠져나가려는 허름하고 낡은 삶의 손잡이. 완고한 고집처럼 놓지 못한다

아내의 밥상

우리 네 식구 끼니 챙기느라 오그라든 아내의 등 같은 밥상. 밥 먹을 때마다 몇 개의 그릇을 방바닥에 내려놓아야 할 만큼 서운한 크기로 줄어 버린 낡은 밥상. 여기저기 뜨거운 그릇에 덴 상처 아직 아물지 못한 밥상. 부러진 다리 청테이프로 칭칭 동여맨 밥상. 끼니때면 옹이 지고 패인 곳마다 우리 식구 웃음소리가 한 움큼씩 고이던 밥상. 아이들이 흘린 김칫국물 자국 위에 밥알 오물거리는 입 바라보며 마주 웃던 당신과 나의 웃음이 진득하게 눌어붙은 아내의 혼수품. 그를 문밖에 세워 놓고 사내인 내가 들어도 묵직한, 금빛 상표 반짝이는 새로 사 온 원목 밥상에서 밥을 먹는다. 반질반질하게 반짝이는 낯선 얼굴의 밥상과 낯가림을 하는지 이 빠진 반찬 그릇들이 자꾸만 미끄러진다.

자신이 밀려난 듯
문밖을 곁눈질하는 아내의 숟가락이 가볍게 떨리고 있다

오이도*를 가는 고래

오이도행 전동차 문이 열리면

갈매기 소리와 파도 소리 무리 져 쏟아진다

파도를 헤집고

고무 밴드로 칭칭 동여맨 꼬리지느러미를 흔들며

문을 들어서는 고래 한 마리

늙은 인어는 비늘에 묻은 물기를 닦으며

닫히려는 문을 막아서고

새끼 고래 한 마리 깡총 뛰어든다

불신 지옥 믿음 천국 외치는 소리가

너울성 파도처럼 귓등을 타고 넘어와

고래가 밀고 가는 뻘배에 가득한

자잘한 살림살이들을 흠씬 적시고 지나간다

---

* 오이도: 서울 지하철 4호선의 역. 시흥시 정왕동에 위치. 예전에는 섬이었으나 지금은
  육지와 연결되어 있어 섬 아닌 섬으로 불린다.

한 번만 도와 달라는 팻말을 돛처럼 앞세운 뗏배에서

고래가 고단한 가장의 보따리를 풀어 헤친다

늙은 인어는 긴 머리를 튕기며

로렐라이 로렐라이 노래 부르고

어린 고래가 앙증맞은 두 손을 펼쳐 든다

우물우물 주머니를 뒤지던 사람들이

고래가 당기는 손에 이끌려

풍덩 바닷속으로 뛰어들고

인어의 노랫가락에 정신을 빼앗긴 사람들

혼절한 듯 눈을 감고 있다

오이도행 전동차가

신호 대기 관계로 잠시 정차한다는

나지막한 안내 방송이 들리고

실눈을 뜨고 눈치를 살피는 사람들의 무릎마다

고래가 던져 놓은 수세미 같은 푸른 해초들이

깊이 뿌리 내리고 있다

제9회

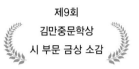

김만중문학상
시 부문 금상 소감

• 이돈형 •

가을 문턱에서
질기게 나를 붙들던 '채찍'이라는 말

가을 문턱에서
질기게 나를 붙들던 '채찍'이라는 말

수시로 생각 없이 지내는 걸 꿈꾸었습니다. 생의 순서를 뒤바꿔도 처음부터 모르는 일처럼 나의 생에서 빠져나오고 싶었습니다. 내가 나를 잊거나 내게서 내가 잊히길 바랐습니다. 그럴 수 없다면 그때그때 떠오르는 생각에 어떤 관여도 하지 않고 편히 놔두고 싶었습니다. 그래서 행위는 단순해지고 눈은 창백해지려 했습니다. 생각 없이 지내는 걸 꿈꾸는 상상만으로도 즐거웠습니다. 즐거워하는 것 자체가 오류인 줄 알면서도 시치미를 떼고 눈을 감았습니다. 하지만 현실은 항상 의도를 가지고 다가왔습니다. 물러서려 했고 빠르게 밀려났습니다. 밀리다 그 끝에서 흩어질 때도 생각 없이 지내는 것만 생각했습니다.

유난히 긴 폭염이었습니다. 폭염은 폭염을 낳고 폭염은 무기력을 낳았습니다. 내가 나를 낳기 전에 무기력이 무기력을 낳고 수많은 무기력은 입술을 깨물고 있었습니다. 하루하루 견디는 일에 집중하였습니다. 그것만이 유일한 일이었습니다. 두려움이 생기고 슬픔이 생기고 생각 없이 지낼 수 없어서 미안했습니다. 바깥은 실종되고 안은 모호해져 갔습니다. 어쩔 수 없이 생각을 만지는 날에는 나는 핑계로 가득 차 있었고 나였던 것들이 쏟아지곤 하였습니다.

수시로 생각 없이 지내는 걸 꿈꾸었지만 폭염에 강제적으로 생각 없이 지내다 보니 이처럼 재미없는 일도 없었습니다. 그래서 그런지 자주 안경을 닦았습니다. 시간이 지날수록 어떤 것도 보이지 않았습니다. 그런 여름이었고 그렇게 한 철을 보냈습니다.

끝을 모르던 폭염도 한순간 사라지고 언제 그랬냐는 듯 나는 시원함에 다시 생각 없이 지내는 걸 꿈꾸고 있었습니다. 그런 간사함마저 시원하게 느껴졌습니다. 편히 놔두고 싶었던 모양입니다.

그런데 이틀 전부터 '채찍'이란 말이 자꾸 떠올랐습니다. 불현듯 떠오른 말이 하필이면 왜 '채찍'일까? 누군가에게 채찍질 당한 적 있나 곰곰이 생각해 보았습니다.

없었습니다. 아니면 누군가를 채찍질해 본 적 있나? 없었습니다. 그럴 만한 사람이 되지 못한다는 걸 누구보다도 잘 알고 있었습니다. 그런데 왜 하필 '채찍'이라는 말이 가을 문턱에서 질기게 나를 붙들고 있는지 궁금하였습니다.

나는 다시 생각해 보았습니다. 내가 나를 채찍질해 본 적 있나? 없었습니다. 나는 수많은 나를 낳고도 그 많은 나에 대한 어떤 애정도 사랑도 없었습니다. 생각 없이 지내는 게 꿈이었으니 말입니다. 그물망에 걸려든 물고기처럼 달아나려다 그물코에 걸리면 되돌아서면 그만인 것이 나였습니다. 더 이상 달아나려는 생각은 필요 없었습니다. 흘러가는 물을 채찍질해도 물의 항변은 들을 수 없다는 걸 알고 있습니다. 이미 물은 흘러갔으니까요. 그래서 나에 대한 채찍이 필요할까 의구심이 들었습니다. 근데 왜 하필 '채찍'이었을까요?

폭염이 지나고 나니 다음은 잦은 폭우였습니다. 날씨도 날씨를 버리고 싶은 모양입니다. 나처럼 말입니다. 그렇게 '폭'은 많은 것을 바꿔 놓고 갔습니다. '폭'이 사라진 밖에는 문들이 생겨났습니다. 어떤 문이든 밀어 보고 싶었습니다. 생각 없이 지내는 것이 불가능하다는 걸 알아 가는 모양입니다 그리고 오늘 수상 소식을 들었습니

다. 밀기 전에 문이 열렸습니다. 생소했습니다. 첫, 이
라는 느낌이 이런 거구나 싶었습니다.

작고 조각난 생각들을 즐겁게 봐주신 심사위원께 진심
으로 감사드립니다. 이틀 전부터 '채찍'이란 말이 왜 몸에
붙어 있었는지 알겠습니다. 자주 맞겠습니다.

제9회
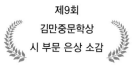
김만중문학상
시 부문 은상 소감

• 지연구 •

세상과의 힘겨운 싸움에서
나의 동지가 되어 준 이들에게

세상과의 힘겨운 싸움에서
나의 동지가 되어 준 이들에게

지난겨울은 올해 여름 폭염만큼이나 추위가 혹독했던 것으로 기억된다. 삼만 오천 원을 주고 산 중고 자전거와 여기저기 해진 곳을 기운 허름한 벙어리장갑, 그리고 두 벌을 껴입은 내복으로 출퇴근을 하며 안양천의 자전거 도로에 불어오는 살을 에는 추위와 싸워 이겨 봄을 맞았고, 또다시 수십 년 만의 폭염이라는 기록적인 더위와 싸우며 살아남아 이 여름의 끝자락에 와 있다.

나의 글쓰기도 아무리 열악한 조건에서도 오롯이 살아남으려 험한 세상과 싸우고 나 자신과 싸우고 또 싸우며 여기까지 왔다. 살아간다는 건 어느 한순간도 싸움이 아닌 순간은 없다고 생각한다. 싸워야 할 상대가 다르고 장

소가 다르고 시간이 다르고 싸움의 방법이 다를 뿐이다.

세상과의 힘겨운 싸움에 나의 동지가 되고 힘이 되고 글감이 되어 준 벙어리장갑과 두 겹의 내복과 중고 사진거와 안양천의 바람과 물줄기와 자전거 도로에 피어 있던 이름 모를 들꽃들과 잡초들, 그리고 지금도 어둡고 외진 곳에서 삐뚤어진 세상과 힘겨운 삶과 치열하게 싸우고 있을 모든 이들에게 싸워서 이기라는 응원의 텔레파시를 보낸다.

옆 사람의 말소리도 잘 들리지 않는 공장의 현장에서 가슴 뛰는 당선 소식을 듣는다. 지금까지의 싸움에 함께해 준 아내와 아이들에게 고마움의 말을 전하고 싶다. 설익었을 글을 선해 주신 심사위원들께도 큰절을 올린다. 당선 전화를 받는 잠깐의 시간은 행복한 싸움의 순간이었다.

고맙습니다.

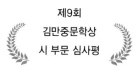

제9회
김만중문학상
시 부문 심사평

• 심사위원 : 이우걸, 이처기, 김일태 •

풍부한 시적 상상력과
세련된 문장의 완성도 높은 작품

풍부한 시적 상상력과
세련된 문장의 완성도 높은 작품

올해 김만중문학상 시 부문에는 질적으로 완성도 높은 우수한 작품들과 함께 예년에 비해 양적으로 응모 작품 수가 크게 늘어나 김만중문학상의 권위를 새삼 느끼게 해 주었다.

수많은 작품 가운데 단 두 사람의 작품을 시상 대상으로 선정하기 위해서는 우열의 기준이 필요하여 심사위원들은 각자의 의견을 종합하면서 아울러 김만중문학상의 제정 취지를 존중하여 다음과 같은 기준을 정하고 심사에 임하였다.

첫 번째는 창의성에 비중을 두었다. 한국 시문학 발전에 기여할 가능성, 참신성 등을 감안하였다. 따라서 익숙한 소재와 상투적인 내용을 담을 작품들은 배제되었다. 그리고 김만중문학상 제정 초기 김만중 선생의 생과 작품 연구의 결과로 얻은 시작품들이 수상한 사례를 고려한 듯한, 작품의 소재가 선생의 삶과 작품의 틀에 굳게 가두어져 있는 작품들도 선택되지 못했다.

두 번째는 예술성에 비중을 두었다. 모방성이 강한 작품들, 독자들로부터 매력을 끌지 못하는 주제의 작품들이 배제되었다. 감성의 경락을 자극하지 못하고 종전 수상 작품들의 틀에 얽매여 창작의 노력에 비해 평가 절하된 작품들은 특히 시조 부분에서 많았다.

마지막으로 작품 곳곳에서 드러나는 작가의 성의 부족도 우열을 가리는 데 고려하였다. 권위 있는 문학상에 도전하는 만큼 작품을 다듬는 데 많은 정성을 기울여야 하는 것은 작가로서의 기본 예의이다.

이러한 기준으로 거르고 거른 끝에 일상을 시적으로 전환시키는 기술이 돋보인 「마지막 날에 민박을 하였다」 외 6편, 「칼국수 집 영자 아줌마」 외 6편, 「수리되지 않는 문장」 외 6편, 이상 3명의 작가로 압축되었으며, 심사숙고 토론 끝에 풍부한 시적 상상력과 세련된 문장으로 작품의 완성도가 탁월한 「마지막 날에 민박을 하였다」 외 6편을 금상으로, 「수리되지 않는 문장」 외 6편을 은상으로 선

정하였다.

　다양한 기준과 시각으로 많은 시간을 할애하여 심사에 열중하였으나 심사위원들이 제대로 보지 못한 수작들, 또 심사위원의 취향에 따라 결과에서 밀려난 작품들도 있을 것이다. 이 점은 아쉽고 안타깝게 생각한다.

　　　　　　　심사위원 : 이우걸, 이처기, 김일태

제9회 김만중문학상 시 부문 수상작품집

금상 · 마지막 날에 민박을 하였다 外 6편
은상 · 수리되지 않는 문장 外 6편

초판 1쇄 인쇄일 2018년 10월 26일
초판 1쇄 발행일 2018년 10월 31일

지은이 이돈형 · 지연구
저작권자 남해군 · 김만중문학상운영위원회
펴낸이 양옥매
디자인 표지혜
교 정 조준경

펴낸곳 도서출판 책과나무
출판등록 제2012-000376
주소 서울특별시 마포구 방울내로 79 이노빌딩 302호
대표전화 02.372.1537 **팩스** 02.372.1538
이메일 booknamu2007@naver.com
홈페이지 www.booknamu.com

ISBN 979-11-5776-633-8(03800)

이 도서의 국립중앙도서관 출판시도서목록(CIP)은 서지정보유통지원 시스템
홈페이지(http://seoji.nl.go.kr)와 국가자료공동목록시스템
(http://www.nl.go.kr/kolisnet)에서 이용하실 수 있습니다.
(CIP제어번호 : CIP2018033459)